Al cumplir quince años, l[...] un regalo muy especial: su [...] vez a la superficie del mar. [...] feliz y curiosa hasta la orilla.

Por la playa paseaba un apuesto príncipe y la Sirenita se enamoró de él al instante.

–¡Tienes que olvidarlo! Tú eres una sirena, no una mujer –le dijo su padre, enfadado al saberlo.

Pero la Sirenita no podía dejar de pensar en el príncipe y acudió a la bruja de las aguas para pedirle que le diese unas piernas.

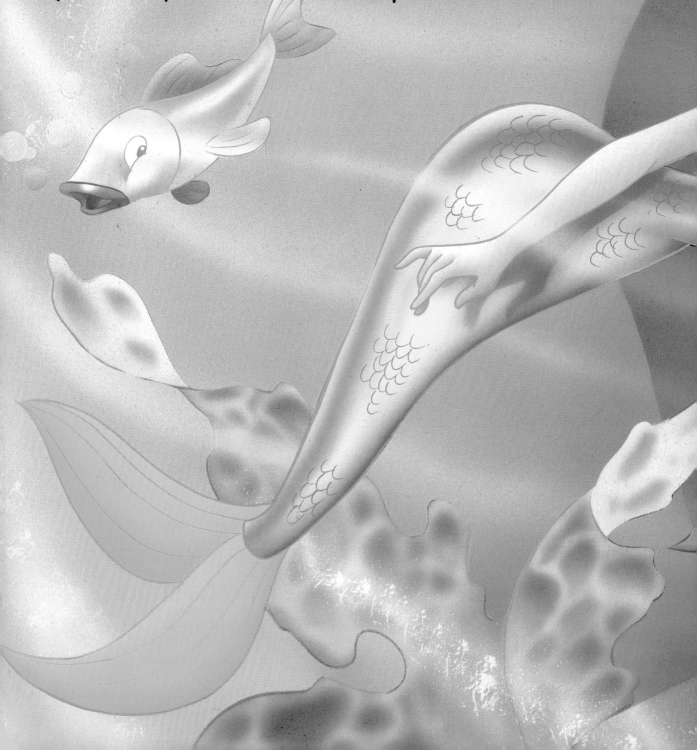

—Si eso es lo que quieres, lo tendrás, pero a cambio me quedaré con tu voz. Y si no consigues casarte con el príncipe, morirás. La Sirenita aceptó a pesar de todo. Tomó el brebaje que le había dado la bruja y cayó desmayada.

El joven príncipe encontró a la Sirenita en la playa. Quedó maravillado de su belleza y la llevó con él a palacio. Ambos se hicieron muy amigos. Sin embargo, ella no podía contarle su historia. Un día, el príncipe le contó que estaba comprometido y se iba a casar.

Al oírlo, la sirenita sintió un profundo dolor.
Una noche en que la Sirenita lloraba su suerte
a la orilla del mar, salieron a consolarla sus
amigas sirenas.

De parte de la bruja de las aguas le ofrecieron un puñal para que matara al príncipe. Así podría volver a ser una sirena de nuevo.

La Sirenita se acercó a la cama
del príncipe con el puñal... pero no
podía hacer daño a quien amaba.

Y llegó el día de la boda,
que se celebró en un barco.
Los invitados bailaban felices,
ajenos al terrible destino que
aguardaba a la Sirenita.

La pobre sirena, muda y sola, se arrojó al agua, resignada a convertirse en espuma de mar.
Pero cuando todo parecía perdido, no murió, sino que se convirtió en una diosa de los mares.

Por ser valiente y generosa,
la Sirenita fue recompensada.
Y desde entonces pasea por
los mares del mundo
protegiendo a los
enamorados.